J. ROUMANÍLLE

LIS

ENTARRO-CHIN

GALEJADO BOULEGARELLO

(Eme traducioun franceso vis-à-vis)

SEGOUNDO EDICIOUN REVISTO COUME SE DÉU

Costo : 0,30 cent. — *Franco* 0,35 cent.

AVIGNOUN

J. ROUMANILLE, LIBRAIRE-EDITOUR

19, Carriero de Sant-Agricò, 19.

—

1872

LIS ENTARRO-CHIN

AVIGNON, TYP. F. SEGUIN, RUE BOUQUERIE, 13.

J. ROUMANILLE

LIS

ENTARRO-CHIN

GALEJADO BOULEGARELLO

(Emé traducioun franceso vis-à-vis)

SEGOUNDO EDICIOUN REVISTO COUME SE DÈU,

Costo : 0,30 cent.

AVIGNOUN

J. ROUMANILLE, LIBRAIRE-EDITOUR

19, Carriero de Sant–Agricò, 19.

1872

A M. J. ROUMANILLE

Aix-les-Bains, 31 août 1872.

Mon cher ami,

Je vous attendais sur cette question des *Entarro-chin*. Vous venez d'en prendre possession en maître, et avec tous les braves gens de Vaucluse, je vous applaudis. Vos verges populaires de 1848 sont retrouvées : servez-vous-en.

De toutes les monstruosités inventées par les démocrates qui se moquent du peuple, celle des enterrements solidaires est à coup sûr la plus digne de châtiment et de mépris. Arracher à la mort la consolation des dernières espérances, c'est placer l'homme entre le désespoir et l'abrutissement. Si la Religion n'a plus rien à dire sur les tombes, si les enterrements ne relèvent plus que du service de la voirie, qu'on fasse passer le tombereau aux ordures devant la maison mortuaire, et que tout soit dit.

Ah ! les malheureux ! il faut bien qu'ils n'aient jamais pleuré personne, ou que la haine de Dieu ait dévoré en eux tout autre sentiment !... Supprimez la mort, grands hommes que vous êtes, ou laissez-la à l'Auteur de la vie que nous adorons, et qui vous attend !

A vous de tout cœur.

LÉOPOLD DE GAILLARD.

LIS ENTARRO-CHIN

I

ISABÈU (*taio la soupo e preparo lou soupa, car
Auzias, soun ome, vai veni de la terro.*)

Ah ! pèr aro ie sian ! Sarié verai ço que m'an
di ? Moun paure Auzias ! te mancavo plus que
d'èstre entarro-chin ! E iéu que cresiéu, quand
lou prenguère, de prendre un ome de sèn ! Me-
siéu encoucourdado : ai un bedigas !...

Lou pan se fai dur: me faudra lèu pausa
levame...

Ai! ai! ai! misericòrdi! ounte anaren pica
d'aquéu trin? Es de crèire, vès, que lou mounde es dessena, qu'un marrit èr passo e nèblo
lis esprit, e que lis esprit, aro, an dóu mau
de nòsti pàuri souco. Un flèu de Diéu! Ah ! ma-
ladicioun !

LES ENTERRE-CHIENS

I

Isabeau. (*Elle taille la soupe, car Auzias, son mari, va revenir des champs.*)

Ah ! maintenant, nous y voici ! Serait-ce vrai ce qu'on m'a dit ? Mon pauvre Auzias ! il ne te manquait plus que d'être enterre-chien ! Et moi qui croyais, en le prenant, prendre un homme sensé ! Je le croyais melon, c'est une courge. Je n'ai qu'un imbécile...

Le pain durcit : il me faudra bientôt travailler du levain.

Hélas ! miséricorde ! où irons-nous tomber, au train dont nous allons ? Voyez-vous, c'est à croire que le monde est fou, qu'un mauvais air passe, brouïssant les esprits, et que maintenant les esprits ont la maladie de nos pauvres vignes. Un fléau de Dieu ! Ah ! malédiction !

Qu'avié resoun, moun grand, que nous disié
(me sèmblo l'ausi): « Quand la Republico es
« en l'èr, tout es au sòu. Quand lou pastre i'èi
« pas, tout l'avé perequito. Quand l'ome aban-
« douno Diéu, se douno au diable. » Es la ve-
rita.

Avans tout eiçò, quand nous marideriau,
— i'aura sièis an à la Madaleno, — dise pas que
moun Auzias fuguèsse un penitènt dóu gros
grun, ah! certo, noun!.. mai, proun de fes pamens lou vesien à la glèiso, lou dimenche. Èro
un ate de fe. Aro, coume es dóu prougrès,
nous dis que la messo es de l'encian regime,
bono tout just pèr li vièi, li femo e lis enfant.
I'ensignon acò bèu, parèis, dins un journalet
de dous sòu que pudis, e que lou pietoun i'a-
dus tóuti li dimenche. I'estrassarai pas, soun
journau?

E pièi, quand l'encaguáve, — acò m'arribo: li femo, nous sian pas facho, e vaqui perqué sian pas la perfecioun, — quand dounc
nous encaguavian, disié : *Sacrepabiéune !* —
car lis ome soun d'ome, e n'i'en escapo toujour quaucun — : aro, te fai peta li tron-de-
Diéu! fau entèndre acò! Uiausso e trono de-
longo. Se pòu plus abari à soun entour....

E iéu qu'óublidave de metre de sau dins
l'oulo !...

Il avait bien raison, mon père-grand qui nous disait — je crois l'ouïr encore : — « Quand la Ré-
« publique est dans l'air, tout est par terre.
« Quand le berger n'y est pas, le troupeau pé-
« riclite. Quand l'homme abandonne Dieu, il
« se donne au diable. » C'est la vérité.

Avant tout ceci, quand nous nous sommes mariés, — il y aura six ans à la Sainte Magdeleine, — je ne dis pas que mon Auzias fût un pénitent de gros grain, ah ! que nenni, certes ! mais, souventes fois on le voyait à l'église, le dimanche. C'était un acte de foi. Maintenant, comme il est du progrès, il nous dit que la messe est d'ancien régime, bonne tout juste pour les vieux, les femmes et les enfants. On lui apprend ces belles choses, paraît-il, dans un infect journalet de deux sous, que le piéton lui apporte tous les dimanches. Mais, je ne déchirerai pas son journal, moi ?

Et puis, quand je l'agaçais, — cela m'arrive : ah ! les femmes ! nous ne nous sommes pas faites, voilà pourquoi nous ne sommes pas la perfection même, — quand nous nous agacions, il disait : *Sacrebleu !* — car, enfin les hommes sont des hommes, il leur en échappe toujours quelqu'un — : maintenant il fait éclater les *tonnerres de Dieu !* Il faut entendre ça ! Toujours des éclairs et des tonnerres ! On ne peut plus vivre autour de lui....

Et moi qui oubliais de mettre le sel dans la marmite !...

Quau amo lou travai s'empaio de bono ouro e se lèvo matin. Despièi que sian tournamai en Republico, dorme di tres quand noste Moussu vèn se jaire ; e quand se lèvo, en renant e renegant, lou soulèu a dos ouro d'aut. Es uno vido aco ? Despièi que *le jour de gloire est arrivé,* (es bello ta glòri, pauro Franço ! fai l'encadra!) es necite que Moussu vague à sa *Fraternité.* Aqui, i'a toujour de bòni nouvello, e se i'ensigno un poulit catechime : Diéu ? quau l'a vist ? L'autre mounde ? res n'èi tourna. L'ome ? es uno mounino. L'amo ? es dins nòsti boufet. Lis Evangèli ? messorgo. La Religioun ? un coumtadou. Li glèiso ? li fau brula. Li vièi ? repepiou, li jouvènt ? sabon tout. Li crestian ? fau li descrestiana.... Eh ! que sabe iéu !

Que ma soupo sieguèsse pas trop salado ! tasten-la....

Fau qu'acò fenigue, e fenira. N'en pode plus ! Vole pas me brula lou sang, me passi coume uno ginjourlo e mouri seco coume un brusc. Ai pres lou gouvèr de l'oustau, l'ai, e lou gardarai. Se noste ome óublido que dèu bon eisèmple à sis enfant, — se faran grand, se Diéu lou vòu, — faudra bèn que se n'ensouvèngue ! Anen, eici-sian ! tè-tu ! tè-iéu ! Veiren quau a teta de bon la e aura lou blanc dóu pòrri....

Ma soupo es trempado. Enterin que s'es-

Qui aime le travail va à la paille (se coucher) de bonne heure et se lève matin. Depuis que nous revoilà en République, je dors comme un magnan à sa troisième mue quand notre monsieur vient se coucher ; et quand il se lève, en grognant et en sacrant, le soleil a deux heures de haut. Est-ce une vie, cela ? Depuis que *le jour de gloire est arrivé* (elle est belle, ta gloire, pauvre France ! encadre-là) , il est urgent que monsieur aille à sa *Fraternité* : il y a là toujours les bonnes nouvelles, et là on lui enseigne un joli catéchisme : Dieu ? qui l'a vu ; l'autre monde ? nul n'en revient ; l'homme est un singe ; l'âme est dans notre soufflet ; les évangiles, mensonge ; la religion ? un comptoir ; les églises ? il faut les brûler ; les vieux radotent, la jeunesse sait tout ; les chrétiens ? il faut les déchristianiser.... Eh ! que sais-je, moi ?

Que ma soupe ne soit pas trop salée : goûtons-la...

Il faut que ça finisse, et ça finira. Je n'en puis plus. Je ne veux pas me brûler le sang, me flétrir comme une jujube, et mourir sèche comme un morceau de bois. J'ai pris la gouverne de la maison, je l'ai, et la garderai. Si notre homme oublie qu'il doit bon exemple à ses enfants, — ils grandiront, Dieu aidant, — il faudra bien qu'il s'en ressouvienne. Allons ! nous y voici. A toi ! à moi ! Nous verrons qui a teté du bon lait et aura le blanc du poireau...

La soupe est trempée. Cependant qu'elle se

poumpis, vau freta ma sartan, faire ma troucho-
e metre ma taulo....

II

AUZIAS *(arribo de la terro.)*

Aquelo taulo èi messo ?

ISABÈU.

Ah ! bon vèspre, Auzias ! Fretave la sartan.

AUZIAS.

E que i'a pèr soupa, vuei, la bello ?

ISABÈU.

La soupo, e lou bajan, em'uno troucho.....
l'a piëi d'óulivo cachado, se n'en vos...

AUZIAS.

Toujour, toujour la memo cansoun ! — Ah !
s'eiçò viravo, tron-de-Diéu !... — Isabèu, ai
uno fam canino. Se boutaves dins ta sartan,
amor que la tènes pèr la co, quàuqui tros de
car-salado. N'i'a souto lis escalié.

ISABÈU.

Ah ! nàni, qu'es divèndre.

mitonne, je vais frotter ma poële, faire mon
omelette et mettre ma table.

II

AUZIAS. (*Il arrive des champs.*)

Cette table est-elle mise ?

ISABEAU.

Ah ! bon vêpre, Auzias ! Je nettoyais la
poële.

AUZIAS.

E qu'y a-t-il pour souper, aujourd'hui, la
belle ?

ISABEAU.

La soupe, la saugrenée, avec une omelette...
et puis des olives cassées, si tu en veux...

AUZIAS.

Toujours, toujours la même chanson ! — Ah !
si ça virait, tonnerre de Dieu ! — Isabeau, j'ai
une faim canine. Que ne mets-tu dans ta poële,
puisque tu la tiens par la queue, quelques
morceaux de petit lard. Il y en a sous l'esca-
lier....

ISABEAU.

Ah ! nenni ! c'est vendredi.

AUZIAS.

La car vau rèn, lou divèndre, paraï, manjo-
bon-Diéu?... La car fai la car, Isabèu....

ISABÈU.

E lou porc fai lou porc... Auzias !... Un dire
que se dis.

AUZIAS.

Vau mies que me taise e m'ataule !... E li
piéutoun, ounte soun ?

ISABÈU.

Soun au mas de sa grand, qu'es vengudo li
querre, e ie couchon.

AUZIAS.

Toujour de faiòu !... I'as fa vèire l'òli, ava-
rasso !

ISABÈU.

Moun ome, en Republico, fau anà plan e fau
espargna. E iéu noun sai, encaro, s'anaren au
bout! Avèn dous enfant, toutaro tres. Vèngue-
n'en tant que lou bon Diéu voudra ! N'en costo
proun pèr li metre à l'ounour dóu mounde.

AUZIAS.

O. Mai, pèr que resquihon, ti faiòu, ie fau
d'òli, coume i cese !

AUZIAS.

La viande ne vaut rien le vendredi, n'est-ce
pas, mange-bon-Dieu?. La viande fait la chair,
Isabeau....

ISABEAU.

Et le porc fait le porc, Auzias ! Un dire qui
se dit...

AUZIAS.

Mieux vaut me taire et m'attabler... Et
nos petits gazouillards, où sont-ils ?

ISABEAU.

Au mas de leur mère-grand, qui est venue
les chercher, et ils y couchent.

AUZIAS.

Toujours des haricots !... tu leur as fait voir
l'huile, grosse avare !

ISABEAU.

Mon homme, en République, il faut aller
doucement et épargner. Encore ne sais-je
pas si nous irons au bout. Nous avons deux
enfants, bientôt trois. — Qu'il en vienne
autant que le bon Dieu voudra ! —Il en coûte
assez pour les mettre à l'honneur du monde.

AUZIAS.

Oui. Mais pour que tes haricots glissent, il
leur faut de l'huile, comme aux pois-chiches.

ISABÈU

Que te fas renaire, Auzias ! Tè, vaqui l'ou-
liero e fai-lèi resquiha.....

AUZIAS.

Sian dounc pèr dire, Babèu, que deman vau
deforo e parte matin. M'alestiras.....

ISABÈU.

Ah !... E mounte vas?

AUZIAS.

M'alestiras mis abihage dóu Dimenche, ma
gravato pebroun-madur, moun capèu de sedo,
moun courset nouviau e mi braio de velout....

ISABÈU.

Sies de noço? Me n'aviés rèn di, pau-parlo!

AUZIAS.

E ma vèsto de drap. — Nous an tant recou-
manda d'èstre propre ! —

ISABÈU.

Ah ! bon ! que tastaren li dragèio !

AUZIAS.

Fau, o noun, uno crespo au capèu? Me l'an
pas di. Ato, pièi, l'on pòu se n'en passa : moun
capèu es pas negre?

ISABEAU.

Comme tu deviens grognard, Auzias ! Tiens,
voilà l'huilière, fais-les glisser.

AUZIAS.

C'est donc pour te dire, Isabeau, que demain
je vais dehors et pars matin. Tu me prépareras...

ISABEAU.

Ah !... Et où vas-tu ?

AUZIAS.

Tu me prépareras mes habillements du dimanche, ma cravate poivron-mûr, mon chapeau
de soie, mon gilet nuptial et mes braies de
velours....

ISABEAU.

Tu es de la noce ? Tu ne m'en avais rien dit,
cachottier !

AUZIAS.

Et ma veste de drap. — On nous a tant re-
commandé d'être propres ! —

ISABEAU.

Bien ! nous goûterons aux dragées !

AUZIAS.

Faut-il, oui ou non, un crêpe au chapeau ?
On ne me l'a pas dit. Oh ! puis, l'on peut bien
s'en passer ; mon chapeau n'est-il pas noir ?

ISABÈU.

Ah! vese : van dire uno messo de bout de
l'an, e vas à la messo.... De quau? ounte?

AUZIAS.

Ah! ço, vai! la messo! Se l'an messo, que la
lèvon... Pau m'enchau..... La fagues pas trop
couire, aquelo troucho.

ISABÈU.

Sies sourd o lou vènes, toupin ascla? Te demande ounte vas deman. Lou diras o lou diras
pas, senòdi?

AUZIAS.

Eh! bèn, tè, pèr que vos lou saupre, anan
deman à Veleroun!

ISABÈU.

Hoi!... à Veleroun, bèu deforo e dedins
noun? Eh! que vas faire à Veleroun, vèsto
novo e capèu aut?

ISABEAU.

Ah ! je vois ça : l'on va dire une messe de
bout de l'an, et tu vas à la messe... Pour qui
et où ?

AUZIAS.

Allons donc ! la messe ! Que ceux qui l'ont
mise, l'enlèvent. (1) — Il ne m'en chaut....
Ne fais pas trop cuire l'omelette.

ISABEAU.

Es-tu sourd, où le deviens-tu, pot fêlé ? Je te
demande où tu vas demain. Le diras-tu ou ne
le diras-tu point, gâcheur ?

AUZIAS.

Eh bien ! voici : puisque tu veux le savoir,
nous allons demain à Velleron ! (2)

ISABEAU.

Ah ! bah ! à Velleron, beau dehors et dedans non ? (3) Eh ! que vas-tu faire à Velleron
en veste neuve et chapeau noir ?

(1) Dicton, jeu de mots provençal intraduisible en
français. *Messo* signifie à la fois *la messe* et *mise* (parti-
cipe de *mettre*.)

(2) Village de Vaucluse désormais très-célèbre par
ses enfouissements civils.

(3) *Beau dehors et dedans non,* dicton qualificatif de
Velleron.

AUZIAS.

Anan à Veleroun, dóumaci nous es un devé
de i'ana. N'i'en vendra de bèu e de tout caire !
N'en vendra de Lagno e de l'Islo, de Perno e
de la Roco, e dóu Bausset, de Cabriero... (n'i'a
de famous à Cabriero!...) Ah ! n'en vendrié
de bèu pu liuen, s'avien pas tant de camin à
faire ! Ie faren vèire quau e quant sian ! La
proucessioun sara bello e tirara de long ! Se falié
pas que 'n'en fuguèsse, i'aurié grand goust de la
vèire passa ! N'en vendran verd, li blanc ! e
vai ! n'en parlaran, li papié !

ISABÈU.

E ie pourtarés en grand respèt vosto bello
Mariano de gip emé soun gros bounet cremesin ?

AUZIAS *(se pico sus lou pitre)*.

Mariano? la pourtan aqui. Vai bèn. Nous
entendèn. Pèr faire plòure, fau s'entèndre,
Isabèu.....

JSABÈU.

S'avié plóugu de tarnagas, moun ome, crei-
riéu que sies toumba di nivo ! Vas à.....

AUZIAS.

Veleroun. O. Lou *Citoyen* Presidènt de la
Fraternité nous a delega dès pèr ie representa

AUZIAS.

Nous allons à Velleron, car ce nous est un devoir d'y aller. Il en viendra de beaux et de tous côtés ! Il en viendra de Lagnes et de l'Isle, de Pernes et de la Roque, du Bausset, de Cabrières.... —il y en a de fameux, à Cabrières !...— Ah ! il en viendrait de bien plus loin, s'ils n'avaient pas tant de chemin à faire ! Nous leur montrerons qui et combien nous sommes. La procession sera belle et tirera de long. S'il ne fallait pas que j'en fusse, il me serait très-agréable de la voir passer. Les blancs en deviendront verts ! et va ! les papiers en parleront.

ISABEAU.

Et vous porterez avec grand respect votre belle Marianne en plâtre avec son gros bonnet cramoisi ?

AUZIAS. (*Il frappe sur son cœur.*)

Marianne ! nous la portons là. Ça va bien. Nous nous entendons. Pour faire pleuvoir, il faut s'entendre, Isabeau....

ISABEAU.

S'il avait plu des butors, mon homme, je croirais que tu es tombé des nuages. Tu vas à...

AUZIAS.

Velleron. Oui. Le citoyen Président de notre *Fraternité* nous a délégués dix pour y repré-

lis ami : i'a iéu, que fau un ; i'a lou Passeroun,
que fai dous ; Jan Gaugalin, lou Rassaire,
l'einat de Rouget...

ISABÈU.

N'i'a proun. Tène lis autre pèr nouma.

AUZIAS.

An tira au sort, pèr ges faire de jalous, e
nòsti noum soun sourti dóu capèu.

ISABÈU.

Lou tiraire a bono man, segur, e urouso !
la flour dóu païs, e sènt qu'embaumo ! An !
vese acò : un superbe mourtalage. Counvèn
pas, te dirai, que i'espandigues ta gravato pebroun-madur. La faudrié negro, m'es avis.

AUZIAS.

Ah ! sies d'aquéli, tu, que li pebroun madur
ie fan couire lis iue ?.... Eh ! sara pas roujo,
la flour qu'aurèn tóuti à la boutouniero ?

ISABÈU.

E quau èi mort, Auzias ?

AUZIAS.

Un di nostre, un di bon, e di dur e di pur !
Nous a proun fa espera, e nous languissian
proun ! I'a tres long mes que malautejavo.

senter les amis : moi, ça fait un ; le Passeroun,
ça fait deux ; Jean Gaugalin, le Rassaire, l'aîné
de Rouget.....

ISABEAU.

Assez.... Je tiens les autres pour nommés.

AUZIAS.

On a tiré au sort, pour ne pas faire de ja-
loux, et nos noms sont sortis du chapeau.

ISABEAU.

Le tireur a bonne main, assurément, —
et heureuse ! La fleur du pays, elle embaume.
Allons ! je vois ça : un enterrement superbe. Il
ne convient pas, je te le dis, que tu y étales ta
cravate poivron-mûr. M'est avis qu'il la fau-
drait noire.

AUZIAS.

Ah ! tu es de ceux, toi, à qui les poivrons-
mûrs font cuire les yeux ?.. Eh ! ne sera-t-elle
pas rouge la fleur que nous aurons tous à la
boutonnière ?

ISABEAU.

Et qui est mort, Auzias ?

AUZIAS.

Un des nôtres, un des bons, et des durs et
des purs ! Il nous a fait assez attendre, et nous
étions assez impatients ! Voilà trois grands mois
que sa maladie traînait en longueur.

ISABÈU.

Pecaire !.... E coume ie disien au paure
mort ?

AUZIAS.

Danis Quinquinello... Dise Danis, emai vou-
guèsse plus que lou noumèsson ansin : s'èro
desbateja, e se fasié nouma Messidor..... Messidor Quinquinello !! L'èro lou pur di pur, o
noun ? Ah ! pèr aquéu, osco ! Quau saup quant
n'a counverti, avans d'avala sa lengo ! Es pas
pecat que moron, d'ome ansin ? Fasié gau d'entèndre quand, de fes, à la *Fraternité*, mountavo
sus la taulo. Uno bouco d'or e d'iue qu'uiaussa-
von. E brassejavo, e bramavo ! fasié lou fio di
dènt, se despoutentavo ! Èro tout en aigo, quand
davalavo ! Un vèspre, nous prouvè net e clar
que n'avian pas la bono ; nous espliquè ço
qu'èro la bono, e nous afourtiguè que la bono
vendrié. Sarié pas trop lèu ! L'aurian nouma
deputa, e vai, te lis aurié boulega li boulegaire
de Versailles ! Ah ! pèr parla, deman, au cementèri, quand auran davala la caisso dins
lou trau, s'avian uno lengo coume aquelo !.....
Sabe res que parle, au cementèri, quand fasèn
uno manifestacioun, coume lou paure mort
aurié parla, s'èro, pechaire ! en vido,.... res,
pas meme la valènto Velerounenco !....

ISABEAU.

Pecaire !... Et comment le nommait-on, le
pauvre mort?

AUZIAS.

Denis Quinquinelle.... Je dis Denis, quoi-
qu'il ne voulût plus être ainsi appelé : il s'était
débaptisé et se faisait nommer Messidor....
Messidor Quinquinelle! Etait-il le pur des purs,
ou non? Ah! notons-le, celui-là! Qui sait combien il en a converti, avant d'avaler sa langue !
N'est-ce pas dommage que meurent des hommes pareils? C'était joie de l'entendre quand,
parfois, à la *Fraternité*, il montait sur la table.
Une bouche d'or et des yeux pleins d'éclairs !
Il gesticulait, il bramait ; il faisait feu des dents,
et tombait épuisé. Il était tout en eau quand
il descendait. Un soir, il nous prouva net et
clair que nous n'avions pas la bonne ; il nous
expliqua ce que c'était, la bonne, il nous af-
firma que la bonne viendrait. Ce ne serait pas
trop tôt ! Nous l'aurions nommé député, et,
va ! il te les eût tripotés les tripoteurs de Versailles ! Ah ! pour parler, demain, au cimetière, quand on aura dévalé la caisse dans le
trou, si nous avions une langue comme celle-
là !... Je ne sais personne qui parle, au cimetière, quand nous faisons une manifestation,
comme le pauvre mort eût parlé, si, *pecaire !* il
était encore en vie... personne, pas même la
vaillante Velleronaise... (1)

(1) Madame, madame ***, libre-penseuse de premier
choix et du cru, jacassant très-agréablement sur les
tombes des enfouis.

ISABÈU.

E bèn! em'acò ?

AUZIAS.

Em'acò's mort... à la fin!

ISABÈU.

E l'anas entarra, lou bon, lou fort, lou pur
di pur e lou dur!.. E quand sias di bon, Jan-
Janet, coume sias?

AUZIAS.

Babèu, as mes trop de sau à la troucho.....

ISABÈU.

Un autre cop, m'avisarai. N'i'aurié pas trop
à la car de porc, bougre de feiniant?

AUZIAS.

Sèmblo que voulès aussa lou toun, Madamo!
Es que, s'aussavias lou toun, aussariéu la man!
Quau èi lou mèstre eici, tron-de-Diéu! Tenès,
soustas li capelan, pièi : vaqui ço que n'en fan
de vòsti femo : de pico-pebre, d'arrouganto e
de mau-parlo!... Porge la pebriero, porge....

ISABÈU.

Auzias !....

ISABEAU.

Eh bien ! avec ça ?

AUZIAS.

Avec ça, il est mort... enfin !

ISABEAU.

Et vous allez l'enterrer, le bon, le fort, le
pur des purs et le dur... Et quand on est des
bons, Jeannot, comment est-on ?

AUZIAS.

Isabeau, tu as mis trop de sel à l'omelette.

ISABEAU.

Une autre fois, je m'en aviserai. Il n'y en aurait pas trop dans le petit lard, triple fai-
néant :

AUZIAS.

Il me semble que vous voulez hausser le ton,
madame ! Que si vous haussiez le ton, je haus-
serais la main. Qui est maître ici, tonnerre de
Dieu ! Tenez, ménagez les prêtres : voilà ce
qu'ils font de vos femmes : des têtues, des ar-
rogantes, des méchantes langues... Apporte la
poivrière, apporte...

ISABEAU.

Auzias !...

AUZIAS.

E bèn! o, — te lou mastegarai pas — o, Messidor èro di dur, car, pèr bada-mouri, n'a pas agu besoun d'un marchand de latin, veses! O, Messidor èro di pur, car, quand lou capelan es vengu pèr ie signa si papié..... — es uno counfusioun! coume li courpatas, li capelan sènton la car di mort e di mourènt!... — quand es vengu pèr lou faire cabussa, l'a mes deforo, e i'a di de plus tourna. O, èro di bon, e soun testamen, pèr precaucioun, avié di ço que falié, tout escri de sa man... O, èro di fort, car a pas manda dire au prèire que soun para-sol e sa pèu de nougat, e sis *Oremus* e sis òli, e sa crous e soun coutoun, si *Dominus* e si *vobiscum*, si cire e soun clerjoun, e soun aigo signado, i'èron pas necite, e qu'anèsson autro part, clerc e capelan, vèndre sa marchandiso.

ISABÈU.

Oh!... oh!... oh!... Jèsu, Mario, Jóusè! moun paure ome!... que te dirai?... Es clar, e tout lou mounde saup que li sacramen, subretout l'estrèmo-ouncioun, endrudisson forço li capelan, li fan bouie dins l'or, basti de castèu e tirassa carrosso. Tambèn, ve lou nostre eici: coume es drut e coussu! Ah! veritablamen, s'ère richo, ie fariéu la carita d'uno sou-

AUZIAS.

Eh bien! oui, — je ne le mâcherai pas, — oui,
Messidor était des durs, car, pour bâiller et
mourir, il n'a pas eu besoin d'un marchand de
latin, vois-tu! Oui, Messidor était des purs,
car lorsque le prêtre est venu lui signer ses
papiers... — c'est une honte! ainsi que les corbeaux, les prêtres sentent la chair des morts et
des mourants! — quand il est venu pour le faire
plonger, il l'a mis à la porte, et lui a enjoint de
ne plus revenir. Oui, il était des bons ; et par
précaution, son testament, tout écrit de sa
main, avait dit ce qu'il fallait... Oui, il était des
forts, car il n'a pas envoyé dire au prêtre que son
parasol et son oublie de nougat, et ses *Oremus* et
ses huiles, et sa croix et son coton, ses *Dominus*
et ses *vobiscum*, ses cierges et son petit clerc, et
son eau bénite, ne lui étaient pas nécessaires,
et qu'ils allassent autre part, clerc et prêtre,
vendre leur marchandise.

ISABEAU.

Oh!... oh! oh!.. Jésus, Marie, Joseph! mon
pauvre homme!... Que te dirai-je? Il est évi-
dent, et tout le monde sait que les sacrements,
l'extrême-onction surtout, enrichissent fort les
prêtres, les font bouillir dans l'or, bâtir des
châteaux et rouler carrosse. Aussi, vois le nôtre
ici : comme il est dru et cossu! Ah! véritable-
ment, si j'étais riche, je lui ferais la charité
d'une soutane, car la sienne reluit, rit de par-

tano, car la siéuno lusis, ris de pertout, fran-
jouio e fai mau de cor!.... Escouto, Auzias.

AUZIAS.

Parlo, Isabèu.... e aduse-me de vin.

ISABÈU.

E sermo-lou. Escouto: quau vèn d'achata,
e de paga tin-tin, l'oustau, eila, sus lou pla-
net, un galant oustalet que toco aquéu de l'A-
moulaire?

AUZIAS.

Jan Cambeto.

ISABÈU.

Quau marcandejo — belèu tocon man d'a-
questo ouro — un poulit cantoun, que fai raro,
en Palun, emé noste pichot tros de terro?

AUZIAS.

Jan Cambeto..... Mai, ounte dounc n'en vos
veni emé Jan Cambeto?

ISABÈU.

A te dire que Jan Cambeto, lou cabaretié
qu'abéuro vosto *Fraternité*, ounte lou famous
Messidor n'a tant counverti rèn qu'en bramant
coume noste ase, sabes? vole n'en veni à te
dire que Jan Cambeto marcandejo de terro e
croumpo d'oustau, en lipant vòsti sòu, bedi-

tout, s'effile et fait mal au cœur... Écoute, Auzias.

AUZIAS.

Parle, Isabeau... et apporte-moi du vin.

ISABEAU.

Et trempe-le. Écoute : qui vient d'acheter et de payer écus sonnants cette maison, là-bas, sur la place, une charmante maisonnette qui touche à celle de l'Amoulaire ?

AUZIAS.

Jean Cambette.

ISABEAU.

Qui marchande — peut-être se sont-ils touchés dans la main à cette heure — un joli coin de terre, aux Paluds, attenant au nôtre ?

AUZIAS.

Jean Cambette... Mais où veux-tu donc en venir avec Jean Cambette ?

ISABEAU.

A te dire que Jean Cambette, qui abreuve votre *Fraternité*, où l'illustre Messidor en a tant converti, en brayant comme notre âne, tu sais... je veux en venir à te dire que Jean Cambette marchande des terres et achète des maisons, en avalant vos sous, imbécile, en baptisant son

gas! en batéjant soun vin, en vous levant lou
sèn, e que Moussu lou Curat crèbo de fam, en
fasènt, pechaire! tout lou bèn que voulès pas
que fague.

AUZIAS.

Dise pas lou countràri..... E.....

ISABÈU.

E raques [de resoun, miserable! que dèvon
faire ploura lou sant Crist sus l'aubre de la
crous !... Grand Sant Antòni, vous que sias lou
patroun di porc, aguès pieta de moun ome!....
Quau soun li pudènt e li moustre de Veleroun
que me l'an degaia?... Laisso que vèngue mai,
toun pietoun... se i'estrasse pas, soun journalet !

AUZIAS.

O, que l'estrasses, e t'estrasse li gauto, iéu!...
Isabèu, m'enfètes e me vènes en òdi! Que
ploures aqui coume la font de Sant-Gènt? Vai,
verinouso, pauso toun sang, qu'acò te farié
mau... Se m'adusiés quàuquis óulivo!

ISABÈU.

Vos pas que ploure, que?... E bèn! plourarai
pas, mai parlarai. Parlarai, e m'escoutaras. E
se m'escoutes pas, tournarai à l'oustau, vers
moun paire, e ie restarai enjusqu'à tant qu'a-

vin, en vous ôtant le sens, et que Monsieur
le curé meurt de faim, en faisant, *pecaire!*
tout le bien que vous voulez l'empêcher de
faire.

AUZIAS.

Je ne dis pas le contraire... et...

ISABEAU.

Et tu vomis des raisons, misérable ! qui doivent faire pleurer le saint Christ sur l'arbre de
la croix !... Grand saint Antoine, vous qui
êtes le patron des pourceaux, ayez pitié de mon
homme ! Quels sont les infects et les monstres
de Velleron qui me l'ont gâté ?... Qu'il vienne
encore, ton piéton !... Je ne lui déchirerai pas,
son journal ?

AUZIAS.

Oui, déchire-le, et je te déchire les joues,
moi !... Isabeau, tu m'ennuies et te fais prendre en grippe. Pourquoi pleurer, là, comme la
fontaine de Saint-Gent ? Va, vipère, calme ton
sang, car ça te ferait mal... Apporte-moi quelques olives...

ISABEAU.

Tu ne veux pas que je pleure ? Eh bien ! je
ne pleurerai pas, mais je parlerai. Je parlerai,
et tu m'écouteras. Et si tu ne m'écoutes pas, je
retournerai à la maison, vers mon père, et j'y
resterai jusqu'à ce que tu aies retrouvé ton bon

gues acampa toun sèn. E quand te saras descras-
sousi, vendras me quèrre, se t'agrado... Eh !
vole bèn, iéu, — uno bravo femo, Auzias, —
viéure em'un ome que n'a ni fe, ni lèi, ni Diéu,
em'un entarro-chin!!.. Ai d'enfant : n'en vole
pas faire de brùti bèsti.

AUZIAS.

Acò, se n'en fasiés de courpatas, de mi dous
drole !.... Ah ! bèn, se n'en parlarié !

ISABÈU.

Sies mai aqui emé ti courpatas? Li courpatas, Jan-Janet, es aquéli qu'ourganison vòstis
entarramen, — i'aurié de-que n'en rire, se n'i'a-
vié pas de-que ploura! — abóuminacioun que
fan esfrai e escor i Crestian, i Jusiòu em'is Uganaud! Quand entarron un Crestian, Auzias, i'èi
lou Capelan ; quand entarron un Uganaud, i'èi
lou Pastour; i'èi lou Rabin, quand entarron un
Jusiòu. Quand entarron uno bèsti, i'a ni Capelan, ni Pastour, ni Rabin. Ti courpatas ! rèn ie
fai tant gau que la car morto, quand n'atro-
von, pèr faire si riboto e si demoustracioun.
E quand n'an pas de grand cors, car soun rare,
ti courpatas toumbon aferouna sus li pichoun,
e de pertout se i'acampon..... Ai ! ai! ai! pàu-
ris innoucènt mort, que semblas d'Enfant-
Jèsu endourmi dins li flour, emé vòsti raubeto

sens. Et quand tu te seras décrassé, tu vien-
dras me quérir, si ça t'agrée... Eh! je veux
bien, moi — une brave femme, Auzias! — vivre
avec un homme qui n'a ni foi, ni loi, ni Dieu,
avec un enterre-chien! J'ai des enfants : je ne
veux pas en faire des bêtes brutes.

AUZIAS.

Ah! pour le coup! si tu en faisais des corbeaux
de mes deux garçons!... Ah! bien, il s'en parlerait!

ISABEAU.

Tu en viens encore à tes corbeaux? Les corbeaux, Jean-Jeannot, sont ceux qui organisent
vos enterrements — il y aurait de quoi en rire, s'il
n'y avait pas de quoi en pleurer! — abominations
qui effraient et soulèvent le cœur des Chrétiens,
des Juifs et des Huguenots. Quand on enterre un
Chrétien, Auzias, le prêtre y est ; quand on enterre un Huguenot, le pasteur y est ; il y est, le
rabbin, quand on enterre un Juif. Quand on enterre une bête, il n'y a ni prêtre, ni pasteur, ni
rabbin. Tes corbeaux! rien ne les régale tant
que la chair morte, quand ils en trouvent pour
faire leurs démonstrations et leur ripaille; et
quand ils n'ont pas de gros cadavres, car ils sont
rares, tes corbeaux s'abattent avides sur les
petits, et de toutes parts ils s'y rassemblent. *Ai!*
ai! ai! pauvres petits innocents morts, qui
ressemblez à des enfants Jésus endormis dans
les fleurs, avec vos robes blanches et vos mains

blanco e vòsti man juncho, fai ferni fin-qu'i
mesoulo, mi bèus agnèu ! de-vèire un vòu d'ar-
pian e de galapian permena vòsti cadabre pèr
carriero !

AUZIAS.

Mai ? ploures mai ?

ISABÈU.

N'ai dous, Auzias ! Diéu me li counserve ! Se,
pèr grand malur !.... La bono Santo Vierge nous
en preserve !.... Ah ! se venien, ti courpatas !
saubrien quau siéu !!...

AUZIAS.

Eh ! que vas me dire aqui ?....

ISABÈU.

Em'acò pièi, quand vèn la Fèsto de Diéu,
que li bràvi fiho s'abihon de blanc ; quand alis-
que e frise e poutoune li long péu rous de noste
einat, de moun pichot Sant Jan emé sa pèu d'a-
gnèu dè la ; quand l'encèns tubo e embaumo pèr
carriero, e qu'en passant pèr carriero, dirias
que i'a plóugu de flour.....em'acò pièi, aquéli Mes-
siés, que fan de proucessioun tant decènto pèr
ounoura la ventresco d'un Quinquinello, volon
pas que faguen li nostro pèr lou Sant-Sacra-
men ! Em'acò pièi, trovon estrange que vouguen
pas sa Republico, la siéuno, qu'èi la bono !!...

jointes, on frémit jusqu'aux moëlles, mes beaux agnelets, en-voyant un tas de harpiants et de sacripants promener vos cadavres par les rues !... (1)

AUZIAS.

Encore ? tu pleures encore ?

ISABEAU.

J'en ai deux, Auzias ! Que Dieu me les garde ! Si, par grand malheur... La bonne sainte Vierge nous en préserve !... Ah ! s'ils venaient, tes corbéaux ! ils sauraient qui je suis !

AUZIAS.

Eh ! que vas-tu me dire là ?

ISABEAU.

Et puis, quand vient la fête de Dieu, quand les braves filles s'habillent de blanc ; quand je lisse et frise et baise les cheveux blonds de notre aîné, de mon petit saint Jean vêtu d'une peau d'agneau de lait ; quand l'encens fume et embaume dans les rues, et qu'en passant dans les rues, vous croiriez qu'il y a plu des fleurs... et puis ces messieurs, qui font des processions si décentes pour honorer la bedaine d'un Quinqui-nelle, ne veulent pas que nous fassions les nô-tres pour le Saint-Sacrement ! Et puis, ils trouvent étrange que nous n'aimions pas leur République, la leur, qui est la bonne!... Vois-

____

(1) Historique.

Veses, Auzias, se vautre sias de la bono, nautre sian de la glèiso, e voulèn n'en resta. Voulèn
ana à la messo, fèsto e dimenche, coumunia pèr
Pasco, viéure e mouri coume së dèu. S'avès,
sus lou front, lou signe de la bèsti, nautre
i'avèn lou signe de la crous. Signe de vido,
Auzias : quand l'avès pas, sias mort ! Se
sias de miòu descaussana, nautre sian de Crestian.... Pèr entarra vòsti mort, eh ! fasès dounc
d'àutri cementèri ! I'a la crous dins li nostre,
e lis an benesi !... Deforo, li chin !.... Auzias,
anaras pas à Veleroun.

AUZIAS.

Dirai pas sebo, Isabèu !... Mai, se calave, veses
bèn, lis ami creirien que lou nas m'a sauna,
que siéu un Janet, que ma femo me meno
em'un fiéu de lano ; me derrabarien, e farien
bèn, la barbo dóu mentoun ! Siéu pas uno
femeto, Isabèu.

ISABÈU

Auzias?

AUZIAS.

Que i'a ?

ISABÈU.

T'an pesca dins la Sorgo !...

tu, Auzias, si vous êtes de la bonne, nous sommes, nous, de l'Église, et voulons en rester. Nous voulons aller à la messe fêtes et dimanches, communier à Pâques, vivre et mourir comme il faut. Si vous avez sur le front le signe de la bête, nous y avons, nous, le signe de la croix. Signe de vie, Auzias! quand on ne l'a pas, on est mort. Si vous êtes des mulets débridés, nous sommes des chrétiens... Pour enterrer vos morts, eh! faites donc d'autres cimetières. Il y a la croix dans les nôtres, et la terre y est bénite! Dehors les chiens!... Auzias, tu n'iras pas à Velleron.

AUZIAS.

Je ne calerai pas, Isabeau. Mais si je calais, vois-tu bien, les amis croiraient que le nez m'a saigné, que je suis un Jean-Jean, que ma femme me mène avec un fil de laine; ils m'arracheraient, et feraient bien, la barbe du menton! Je ne suis pas une femmelette, Isabeau.

ISABEAU.

Auzias?

AUZIAS.

Quoi?

ISABEAU.

On t'a pêché dans la Sorgue!

AUZIAS.

M'an pesca dins la Sorgo ?...

ISABÈU.

O. Ères ni blanc, ni blu, ni verd...

AUZIAS.

Ni blu, ni verd ?...

ISABÈU.

T'an bouta couire emé de pebre dins l'oulo
de vosto *Fraternité*, e tant an fa gros fio souto
lou quiéu de l'oulo, que sies kiue, noun paure
ome !

AUZIAS.

Siéu kiue ?

ISABÈU.

Kiue à poun, coume un chambre de Vaucluso !
Te vaqui rouge coume la cresto de noste gau !...
Sies pas uno femeto !... Siéu pas un ome, iéu,
Auzias ! e pamens, tè, que perde moun noum
se, pèr ounoura ta republico, e lis os d'un gour-
rin, d'un roufian qu'avié gagna tout ço qu'avié
fa perdre, te vese èstre coumpaire e coumpa-
gnoun...... emé quau ? emé quau, grand Diéu !
em'un Gaugalin !... — Parlarai pas di badau innoucènt que ie van coume d'ase quand tro-
ton e coume lis aret quand sauton.... — Lou

AUZIAS.

On m'a pêché dans la Sorgue !

ISABEAU.

Oui. — Tu n'étais ni blanc, ni bleu, ni vert...

AUZIAS.

Ni bleu, ni vert...

ISABEAU.

On t'a mis cuire avec du poivre dans la marmite de votre *Fraternité*, et l'on a fait si gros feu au cul de la marmite, que tu es cuit, mon pauvre homme !...

AUZIAS.

Je suis cuit !!

ISABEAU.

Cuit à point, comme une écrevisse de Vaucluse. Te voilà rouge comme la crête de notre coq !... Tu n'es pas une femmelette !... Je ne suis pas un homme, moi, Auzias ! et pourtant, tiens ! que je perde mon nom, si, pour honorer ta république et les os d'un ribaud et d'un rufien qui avait gagné tout ce qu'il avait fait perdre, je te vois être compère et compagnon.... avec qui ? avec qui, grand Dieu ! avec un Gaugalin !... — Je ne parlerai pas des badauds innocents qui vont là comme un âne au trot ou comme un bélier qui saute... — Ne connais-tu pas ce Gauga-

counèisses pas lou Gaugalin? Saup bèn quant, un
bèu matin, manquè de garbo i garbeiroun dóu
Mas di Piboulo. Es tu que me l'as di!... —
Digo que siéu pas Isabèu, se te vese emé lou
Rouget, que s'escound, prudènt, quand li gèndarmo passon; emé lou Passeroun, que viéu
emé sa chaupiasso, porc e trueio. Èi pas verai? E lou Rassaire..... Ve, vau mies rèn dire.
Tout acò sènt qu'entrono, Auzias!

AUZIAS.

Isabèu! sies uno lengo de serp!.... Èi pa—
mens juste de recounèisse....

ISABÈU.

Sian soulet, poudèn tout dire, res nous escouto. Vejan: d'ounte vèn que li bràvi gènt, lE
sena dóu païs van pas à Veleroun, que rèston
dins sis oustau, o bèn à la terro, e jougnon lis
espalo en vèsent voste negre carnava? Te n'en
noumariéu cinquanto, cènt, emai-mai. Vejan!
Jaque Veran, Jóusè Loungin, lou cadet Fabre,
Rousset, Pauloun de Bernat, Brissoun, Tòni dóu
Roucas, lóu Figouloun..... tant e tant d'autre
que si noum me vènon pas, e que res à rèn à
ie dire... d'ounte vèn que perdran pas uno jour-
nado, éli, pèr acoumpagna lou celèbre Messidor, que n'a tant counverti?

lin? Il n'ignore pas combien de gerbes, un beau
matin, manquèrent aux gerbiers du Mas-des-
Peupliers. C'est toi qui me l'as conté... Dis que
je ne suis pas Isabeau, si je te vois aller avec
le Rouget, qui se cache prudent quand les gendarmes passent; avec le Passeroun, qui vit avec
sa maîtresse truie et porc. N'est-ce pas vrai?
Et le Rassaire... Vois-tu, mieux vaut ne rien
dire. Tout cela pue à ne pouvoir y tenir, Auzias!

AUZIAS.

Isabeau, tu es une langue de serpent... Il est
pourtant juste de reconnaître....

ISABEAU.

Nous sommes seuls, nous pouvons tout dire,
personne n'écoute. Voyons, d'où vient que
les braves gens, les sensés du pays, ne vont
pas à Velleron? qu'ils restent dans leur maison, ou travaillent aux champs, et haussent les
épaules en voyant votre noir carnaval? Je t'en
nommerais cinquante, cent et plus. Voyons,
Jacques Véran, Joseph Longin, le cadet Fabre,
Rousset, Paul de Bernard, Brisson, Toinon du
Roucas, le Figoulon... tant et tant d'autres dont
les noms ne me viennent pas, auxquels personne
n'a rien à reprocher... d'où vient donc qu'ils ne
perdront pas une journée, eux, pour accompa-
gner le célèbre Messidor, qui en a tant converti?

AUZIAS.

Aquéli, Babèu, li voudrian pas !

ISABÈU.

E perqué li voudrias pas ? Es pas d'ounèsti gènt ? Tout lou mounde li porto pas sus la paumo de la man ? Pagon pas çò que dèvon o çò qu'achaton ? Çò qu'an es pas siéu ? — Es pas mort en galèro, Auzias, lou paire de Jaque Veran ; i'an pas fa gau, à Pèire Loungin, uno niue, li garbeiroun dóu Mas di Piboulo ; Brissoun a pas fa quinquinello e n'a ges de bastard ; lou Figouloun a pas manja e begu tout soun sant-Crespin ; Pauloun Bernat a pas pòu di gèndarmo..... Li voudrias pas ! Digo que s'engardarien bèn de i'ana ! Se vos saupre quau siéu, regardo emé quau vau....

AUZIAS.

Es de blanc !... E quand dise que soun blanc, vole pas dire....

ISABÈU.

Alors, sias blanc, Auzias, quand tóuti vous porton sus lou bout dóu det, quand pagas çò que devès, quand tout çò qu'avès es vostre? Alor, sian blanc, moun ome, blanc coume d'ile, blanc coume la nèu de Ventour!... E blanc l'es pas quau vòu, negre bardaïan !

AUZIAS.

Ceux-là, Isabeau, nous ne les voudrions pas !

ISABEAU.

Et pourquoi ne les voudriez-vous pas ? Ne
sont-ce pas d'honnêtes gens ? Tout le monde ne
les porte-t-il pas sur la paume de la main ? Ne
paient-ils pas ce qu'ils doivent ou ce qu'ils achè-
tent ? Ce qu'ils possèdent ne leur appartient
pas ? — Il n'est pas mort en galères, Auzias, le
père de Jacques Véran ; ils ne lui ont pas fait
envie, à Pierre Longin, une nuit, les gerbiers du
Mas-des-Peupliers ; Brisson n'a point fait ban-
queroute et n'a point de bâtards ; le Figoulon
n'a pas mangé et bu tout son Saint-Crépin ;
Paul Bernard n'a point peur des gendarmes....
Vous ne les voudriez pas ! Dites plutôt qu'ils se
garderaient bien d'y aller ! Veux-tu savoir
qui je suis ? regarde avec qui je vais.

AUZIAS.

Ce sont des blancs. Et, quand je dis qu'ils
sont blancs, je ne veux pas dire...

ISABEAU.

On est donc blanc, Auzias, quand tout le
monde vous porte sur le bout du doigt, quand
on paie ses dettes, quand est vôtre tout ce
que vous avez ? Nous sommes donc blancs,
mon homme, blancs comme des lis, blancs
comme la neige du Mont-Ventour. Et blanc ne
l'est pas qui veut, noir mécréant !

AUZIAS.

Anen! a boülega! e vivo Enri V lou goi!

ISABÈU.

Quau te parlo d'Enri V emai d'Enri VI?
Laisso-lou, vai, lou rèi, que te dis rèn e qu'as
rèn à ie dire. Sian pas proun brave pèr l'avé.

AUZIAS.

Vole te dire, Isabèu.....

ISABÈU.

Qu'anaras pas à-n-aquéu Veleroun, ounte tra-
vaion lou Dimenche!!

AUZIAS.

Te dire que... se mountaves sus la taulo,
à la *Fraternité*, tambèn estacariés toun bout e
debanariés ta sedo; que degaièron pas li cinq
sòu quand te faguèron coupa lou fielet, e qu'à
respèt de tu, es uno eigagno, l'espetaclouso femo
de Veleroun — bèu deforo e dedins noun — que
parlo coume un libre, au cementèri, e pasto e
apresto tant bèn lou pan di *Soulidàri*. Finala-
men vole te dire, ma bravo, ma bello, ma bono
Babèu, que m'as fa veni la som e li badai, que
fau nous ana jaire, que la niue es facho pèr
dourmi e... .

AUZIAS.

Et allons ! *a boulega !* (1) et vive Henri V le
boiteux !

ISABEAU.

Qui te parle d'Henri V et d'Henri VI ? laisse-
là le roi : il ne te dit rien et tu n'as rien à lui
dire. Nous ne sommes pas assez braves pour
l'avoir.

AUZIAS.

Je veux te dire, Isabeau...

ISABEAU.

Que tu n'iras pas à ce Velleron, où l'on tra-
vaille le dimanche !!

AUZIAS.

Te dire que... si tu montais sur la table, à la
Fraternité, tout de même tu attacherais au bois
ton fil (comme un magnan), et déviderais toute
ta soie ; que l'on employa bien les cinq sous
lorsqu'on te fit couper le filet, et qu'au respect
de toi, n'est rien l'émerveillable dame de Velleron — beau dehors et dedans non — qui parle,
au cimetière, comme un livre et qui pétrit et
apprête si bien le pain des *Solidaires*. Je veux
te dire finalement, ma brave, ma belle, ma bonne Babeau, que tu m'endors et me fais bâiller,
qu'il faut nous aller coucher, que la nuit est
faite pour dormir et...

(1) Un *Ohé, Lombert !* mis en circulation par la
démagogie avignonaise, et qui fait encore de loin en
loin nos délices.

ISABÈU.

E pèr pourta counsèu, Auzias!... pèr pourta
counsèu.

III

L'AUTOUR.

La niue pourtè counsèu : Auzias anè pas à
Veleroun — bèu deforo dedins noun, — e leissè li
Velerounen velerouna tout à soun aise. La manifestacioun fuguè réussido e resplendènto, emai
i'aguèsse qu'un di Grand-Mèstre de l'Ordre dis
entarro-chin : — lis autre aguèron mau de vèntre
e pousquèron pas ie veni. — l'aguè bèn, à visto
d'iue, uno bello trenteno de manifestant,
emai-mai, tóuti entarro-chin, ressentènt soun
bon e propre coume de perlo ! D'ùni voulien,
pèr pas èstre aqui coume de canard mut, un
pau canta *qu'un sang impur*, mai lou Grand-
Mèstre vouguè pas. Perqué ? — S'èi jamai sa-
chu.

Pèr que la proucessióun fuguèsse pu longo,
lis entarro-chin faguèron coume li penitènt
blanc de Metàmis, qu'èron sèt, coumprés lou
porto-crous, e que, caminant coume de ca-
calauso, èron tant liuen l'un de l'autre que
falié bèn uno grosso miechouro pèr li vèire
passa.

ISABEAU.

Et pour porter conseil, Auzias !... pour porter conseil.

III

L'AUTEUR.

La nuit porta conseil: Auzias n'alla pas à Velleron — beau dehors et dedans non, — et laissa
les Velleronais *velleroner* tout à leur aise. La
manifestation fut réussie et resplendissante,
bien qu'il n'y eût qu'un des Grands-Maîtres de
l'Ordre des enterre-chiens : (les autres eurent
mal de ventre et ne purent pas y venir.) Il y
eut bien, à vue d'œil, une belle trentaine de
manifestants, et même plus, tous enterre-
chiens, tous de bonne apparence et propres
comme des perles. Quelques-uns voulaient,
pour ne pas être là comme canards muets, chan-
ter un tantinet *Qu'un sang impur*, mais le Grand-
Maître s'y opposa. Pourquoi ? On ne l'a jamais su.

Pour que la procession fût plus longue, les
enterre-chiens firent comme les pénitents
blancs de Méthamis, lesquels étaient sept. le
porte-croix compris, et qui, cheminant ainsi
que des escargots, étaient si distants l'un de
l'autre qu'il fallait bien une grande demi-heure
pour les voir passer.

Au cementèri, la Velerounenco, (i'èro, car
n'en manco pas un), aurié certo presa la paraulo,
e di quicon « dis orèmus à tant la dougeno, » mai
aguè lis ounour au Grand-Mèstre, que parlè
coume uno fontraio, e que tant pretouquè li cor,
que lis iue de tóuti lis entarro-chin raièron
coume uno font.

E dire que se i'ère esta, auriéu ploura, iéu
peréu !...

Auzias dounc anè pas à Veleroun-lou-Prou-
grès. E quand lis ami ie demandon perqué, res-
pond... que sa femo aguè lou mau, e ie faguè
un bèu drole, un drole tant bèu que lou brès
n'en fuguè cacalucha !

Iéu que vous conte eiçò à la bono franqueto,
e que, descoura de çò que vese, de çò qu'en-
tènde e de çò que legisse, l'ai adouba sus
lou papié, sènso façoun, coume vesès, — iéu
siéu esta de la fèsto quand an bateja lou pichot.

Auzias èi pas l'en-causo que li granouio an-
ges de çò, mai a pas marrit founs, es de
bono pasto. Soulamen, avié tort de pas saupre
— à soun age ! — que i'a, d'aquesto ouro, sènso
coumta lis alo de moulin-de-vènt virant segóund
lou vènt que boufo, d'ambicious au sòu que
volon s'aubourà, d'avoucat que volon parla
e perveni, d'arrouina que se volon refaire, d'a-

Au cimetière, la Velleronaise, — elle y était, car elle n'en manque pas un ! — aurait certainement pris la parole, pour dire quelque chose « des orèmus à tant la douzaine, » mais elle fit les honneurs au Grand-Maître, qui parla comme une fontaine coule, et qui, en parlant, toucha tellement les cœurs que les yeux de tous les enterre-chiens coulèrent comme une fontaine.

Et dire que, si j'avais été là, moi aussi j'aurais pleuré !...

Donc, Auzias n'alla pas à Velleron-le-Progrès. Et quand les amis lui demandent pourquoi, il répond... que sa femme eut le mal (d'enfant), et lui fit un beau garçon, un garçon si gros que le berceau fut comble par-dessus bords.

Moi qui vous conte ceci à la bonne franquette, et qui, écœuré de ce que je vois, de ce que j'entends et de ce que je lis, ai arrangé ça sur le papier, sans façon, comme vous voyez, j'ai été de la fête quand on a baptisé le petit.

Auzias n'est pas cause que les grenouilles n'ont point de queue, mais il n'a pas mauvais fonds et il est de bonne pâte. Seulement, il avait tort de ne pas savoir — à son âge ! — qu'à cette heure, il y a, sans compter les moulins à vent tournant selon le vent qui souffle, des ambitieux à bas qui veulent se relever, des avocats qui veulent parler et parvenir, des rui-

fama que li tripo ie renon, de faire que volon
rauba, e que, tóuti fin que d'un, pèr s'auboura,
pèr empli lou gus, e se refaire, e perveni, e
s'endrudi, se servon dóu paure mounde, e i'es-
calon sus lis esquino pèr avera li figo, valènt-à-
dire li plaço, lis ounour e l'argènt. Pièi après,
lou paure mounde es pu paure qu'avans. E toujour lou meme refrin :

Paure, renaras,
Paure, pagaras !

Noste terrible Auzias atroubavo bon, un
jour qu'aquéli fòrti maisso, emé si bèlli paraulo, emé si grand discours, boufigo de porc pleno
de vènt e de rèn, l'avien mounta coumé uno
trousso de paio, atroubavo bon que Quinquinello (Messidor), mourènt coume avié viscu,
sourtiguèsse de la vido coume un chin ; mai
vouguè pamens que soun bèu drole i'intrèsse
coume un crestian, coume si rèire e coume
soun paire.

Acò provo que, dins lou laid tèms que sian,
tout pudènt d'òli de pèiro, e de tóuti li pudenta-
rié que se dison, se legisson e se fan, se i'a
trop de paire que perdon lou sèn, i'a encaro,
gràci à Diéu ! proun maire que lou counservon ;

nés qui veulent se refaire, des affamés dont
le ventre grouille, des larrons qui veulent
voler, et qui, tous, sans en excepter un
seul, pour se relever, pour se gorger, et se refaire, et parvenir, et s'enrichir, se servent du
pauvre monde, lui grimpent sur le dos afin
d'atteindre les figues, c'est-à-dire les places, les
honneurs et l'argent. Après, le pauvre monde
est plus pauvre qu'avant. Et toujours le même
refrain :

> Pauvre, tu geindras,
> Pauvre, tu paîras.

Notre terrible Auzias trouvait bon, un jour
que ces fortes mâchoires, avec leurs belles pa-
roles, avec leurs grands discours, vessies de
porc pleines de vent, l'avaient monté comme
une trousse de paille, trouvait bon que
Quinquinelle (Messidor), mourant comme il
avait vécu, sortît de la vie comme un chien ;
mais il voulut pourtant que son beau garçon y
entrât comme un chrétien, comme ses aïeuls et
comme son père.

Cela prouve que, dans le mauvais temps où
nous sommes, tout infect de pétrole, et de toutes les vilenies qui se disent, s'écrivent et se
font, s'il y a trop de pères qui perdent le
sens, il y a encore, grâce à Dieu ! assez de
mères qui le conservent ; cela prouve aussi

provo perçu que, souvènti-fes, n'i'a que ie ve-
son quand ie fan lume.... E pièi?....

E pièi..... Que Diéu mene la barco e lis
arange !

Avignoun, lou bèu jour
de Nostro-Damo-d'Avoust, 1872.

que, souventes fois, il y en a qui voient clair quand on les éclaire... Et puis?...

Et puis... Que Diéu mène à bon port la barque et les oranges!

Avignon, le beau jour
de Notre-Dame-d'Août, 1872.